金刻李賀歌詩編四卷余去年得何義門手校者始知世有其書諸家藏書目未之載也何云碣石趙衍刊本每葉二十行行二十字頃見是本正合其爲金刻無疑最後序文何校未録但云龍山先生所藏舊本乃司馬温公物今觀全文語亦符合且可補何校所未備因急收之書之奇遇之巧無有過是者雖重直弗惜矣 己巳中秋月澓翁記

金劉仲尹字致君蓋州人有龍山集李獻能欽叔其外孫也 義门語并記

壬申仲冬望日陸拙生獲觀于讀未見書齋并題簽以誌幸

金刻去賈取詩編四卷今去年
得何義門手校皆治知也有其
書語家藏書目未之載也何以
稻石趙衍列本每葉三十行行二
十字顯見是本正合其為金刻
無疑跋後序文何校本錄自云
龍山先生所藏舊本已見溫
公物今觀全文語沿符合且可
補何校所未備因悉以之書之
奇遇之巧無有過是者雖重
直弗惜矣己巳中秋月識於之
金劉中尹字舉君盡生入有龍山集
宋麋館敘其外孫也盡之諸本之

壬申仲冬望日[illegible]生識于讀未見書齋并題籤以誌幸

去何事還車載病身

示弟

別弟三年後還家十日餘醁醽今夕酒緗帙去時書
病骨猶能在人間底事無何須問牛馬拋擲任梟盧

竹

入水文光動抽空綠影春露華生筍逕苔色拂霜根
織可承香汗裁堪釣錦鱗三梁曾入用一節奉王孫

同沈駙馬賦得御溝水

入苑白泱泱宮人正靨黃遶堤龍骨冷拂岸鴨頭香
別館驚殘夢停杯泛小觴幸因流浪處暫得見何郎

始為奉禮憶昌谷山居

掃斷馬蹄痕衙回自閉門長鎗江米熟小樹棗花春
向壁懸如意當簾閱角巾犬書曾去洛鶴病悔遊秦
土甑封茶葉山杯鎖竹根不知船上月誰棹滿溪雲

七夕

別浦今朝暗羅帷午夜愁鵲辭穿線月花入曝衣樓
天上分金鏡人間望玉鉤錢塘蘇小小更值一年秋

過華清宮

春月夜啼鴉宮簾隔御花雲生朱絡暗石斷紫錢斜
玉碗盛殘露銀燈點舊紗蜀王無近信泉上有芹芽

小樹開朝逕長茸濕夜煙柳花驚雪浦麥雨漲溪田

古刹疎鐘度遙嵐破月懸沙頭敲石火燒竹照漁船

歌詩編第一

歸詩編第二

淒涼酒十落山畢近清溫下有渡仲蔚陂書深滑杓
今中月歸來譜光桂雪由桂露遊仙海星全下雲道
石根秋水明石畢秋草瀕優衣野林香聲聲書雲厚
浩平又不可東伯循國路曉用何謙謊闕關千入宮
星盡四方高萬物知天路已生須已養苛籌出門去

寶一　　十

滌洹迢新入出廣濟瀛瀛
後迷黃昏涇馬致青藥道月千樹無恐一山宜白歸
南山何其悲鬼雨灑空草長安夜半秋風前幾入古
皇漢十二帝唯帝緣春故一夕信堅見文明水論殺
都門賈生墓青蠅久斷絕寒食搖揚天賞景長肅殺
奇後無少年日居何躁躁救持謝變殺遺拔星星綴
歲歸通言語小姑具黃漠縣官語及古簿史演登堂
遊歸拜縣官舉手今尚小會得春日長絲車方薄掉
家中一方級板上數行書不因使君怒活得詔書廬
遊歸未敢余呼讖活游聽縣官歸馬來簿向已安歸

金刻本賀取諸舖因集今去年
得何義門手校者始知世有其
書語家藏書目未之載也何言
認石道光刊本每葉二十行行二
十字須見足本正合其為金刻
無疑最後序文何校未錄因言
龍山先生所藏舊本已見題

以物今觀全文語次符合且何
補何校所未備因以又書之
手邊之巧無有過是者音鑼重
直齋書矣已中秋日識之
金剛中丹字典君蓋好入龍山集
含齋錄敘其外錄也蓋以指之

壬申仲冬望日壽松堂主人蔣鳳藻題於心齋

李賀歌詩集序

京兆杜　牧　牧之

大和五年十月中半夜時舍外有疾呼傳緘書者牧曰必有異亟取火來及發之果集賢學士沈公子明書一通曰我亡友李賀元和中義愛甚厚日多相與起居飲會賀且死常授我平生所著歌詩離爲四編凡二百二十三首數年來東西南北良爲已失去今夕醉解不復得寐即閱理篋帙忽得賀詩前所授我者思理往事凡與賀話言嬉遊一處所一物候一日一夕一觴一飯顯顯然無有忘棄者不覺出涕賀復無家室子弟得以給養卹問常恨想其人味其言止矣子厚於我與我爲賀集序盡道其所來由亦少解我意牧其夕不果以書道不可明日就公謝且曰世謂賀才絕出于前讓居數日牧深惟公曰公於詩爲深妙奇博且復盡知賀之得失短長今實敘賀不讓必不能當公意如何復就謝極道所不敢敘賀公曰子固若是是當慢我牧因不敢復辭勉爲賀序然其甚慙唐皇諸孫賀字長吉元和中韓吏部亦頗道其歌詩雲煙

綿聯不足爲其態也水之迢迢不足爲其情也春之盎盎不足爲其和也秋之明潔不足爲其格也風檣陣馬不足爲其勇也瓦棺篆鼎不足爲其古也時花美女不足爲其色也荒國陊殿梗莽丘隴不足爲其恨怨悲愁也鯨呿鼇擲牛鬼蛇神不足爲其虛荒誕幻也蓋騷之苗裔理雖不及辭或過之騷有感怨刺懟言及君臣理亂時有以激發人意乃賀所爲無得有是賀復探尋前事所以深歎恨古今未嘗經道者如金銅仙人辭漢歌補梁庾肩吾宮體謠求取情狀離絕遠去筆墨畦逕間亦殊不能知之賀生二十七年死矣世皆曰使賀且未死少加以理奴僕命騷可也賀死後凡十有某年京兆杜牧爲其序

綿聯不足爲其態也水之迢迢不足爲其情也春之盎盎不足爲其和也秋之明潔不足爲其格也風檣陣馬不足爲其勇也瓦棺篆鼎不足爲其古也時花美女不足爲其色也荒國陊殿梗莽丘隴不足爲其恨怨悲愁也鯨呿鰲擲牛鬼蛇神不足爲其虛荒誕幻也蓋騷之苗裔理雖不及辭或過之騷有感怨刺懟言及君臣理亂時有以激發人意乃賀所爲得無有是賀復探尋前事所以深歎恨古今未嘗經道者如金銅仙人辭漢歌補梁庾肩吾宮體謠求取情狀

離絕遠去筆墨畦逕間亦殊不能知之賀生二十七年死矣世皆曰使賀且未死少加以理奴僕命騷可也賀死後凡十有五年京兆杜牧爲其序

歌詩目録編第一

隴西李賀長吉

凡五十九首

歌詩目錄卷一

隴西李賀長吉

凡五十六首

李憑箜篌引　殘絲曲

還自會稽歌　出城寄權璩楊敬之

示弟　竹

同沈駙馬賦得御溝水　始為奉禮憶昌谷山居

七夕　過華清宮

送沈亞之歌　詠懷二首

追和柳惲　春坊正字劍子歌

貴公子夜闌曲　雁門太守行

大堤曲　蜀國絃

蘇小小歌　夢天

唐兒歌　綠章封事

十二月樂辭 并閏月 十三首　天上謠

浩歌　秋來

帝子歌　秦王飲酒

洛姝真珠　李夫人

走馬引　湘妃

三月過行宮　南園 十三首

歌詩目録編弟二　凡五十四首

歌詩目録編弟三　凡五十七首

出城　莫種樹
將發　畫江潭苑四首
張大宅家曲　難忘曲
賈公閭貴壻曲　夜飲朝眠曲
王濬墓下作　客遊
崇義里滯雨　馮小憐
贈陳商　釣魚
奉和二兄罷使　答贈
題趙生壁　感春
仙人　河陽歌

花遊曲　春晝
安樂宮　蝴蝶飛
梁公子　牡丹種曲
後園鑿井　開愁歌
秦宮詩　古鄴城童子謠
楊生青花紫石硯歌　房中思
石城曉　苦晝短
章和二年中　春歸昌谷
昌谷詩　銅駝悲
自昌谷到洛後門　晚入太行

秋涼詩

歌詩目録編第四

凡五十首

染絲上春機　王濬墓下作
江樓曲　塞下曲
官不來　長平箭頭歌
洛陽城外別皇甫湜　溪晚凉
蘭香神女廟　送韋仁實
高軒過　貝宮夫人
沙路曲　上之回
神弦別曲　綠水詞
梁臺古意　公無出門
昭華樂　北中寒
賀書
榮華樂　相勸酒
平城下　江南弄
夜坐吟　箜篌引
苦篁調嘯引　拂舞歌辭
猛虎行　日出行
巫山高　摩多樓子
艾如張　上雲樂
凡五十首
歌詩目錄第四
秋凉詩

歌詩編第一

隴西李　賀　長吉

李憑箜篌引

吳絲蜀桐張高秋空白凝雲頽不流江娥啼竹素女愁李憑中國彈箜篌崑山玉碎鳳凰叫芙蓉泣露香蘭笑十二門前融冷光二十三絲動紫皇女媧鍊石補天處石破天驚逗秋雨夢入神山教神嫗老魚跳波瘦蛟舞吳質不眠倚桂樹露脚斜飛濕寒兎

殘絲曲

垂楊葉老鶯哺兒殘絲欲斷黄蜂歸緑鬢少年金釵

客縹粉壺中沉琥珀花臺欲暮春辭去落花起作迴風舞榆莢相催不知數沈郎青錢夾城路

還自會稽歌 并序

庾肩吾於梁時嘗作宮體謡引以應和皇子及國世淪敗肩吾先潛難會稽後始還家僕意其必有遺文今無得焉故作還自會稽歌以補其悲

野粉椒壁黄濕螢滿梁殿臺城應教人秋衾夢銅輦吳霜點歸鬢身與塘蒲晚脉脉辭金魚羈臣守迍賤

出城寄權璩楊敬之

草暖雲昏萬里春宮花拂面送行人自言漢劒當飛

歌詩編第一

隴西李賀長吉

李憑箜篌引

吳絲蜀桐張高秋空山凝雲頹不流江娥啼竹素女
愁李憑中國彈箜篌崑山玉碎鳳凰叫芙蓉泣露香
蘭笑十二門前融冷光二十三絲動紫皇女媧鍊石
補天處石破天驚逗秋雨夢入神山教神嫗老魚跳
波瘦蛟舞吳質不眠倚桂樹露腳斜飛濕寒兔

殘絲曲

垂楊葉老鶯哺兒殘絲欲斷黃蜂歸綠鬢少年金釵
客縹粉壺中沉琥珀花臺欲暮春辭去落花起作迴
風舞榆莢相催不知數沈郎青錢夾城路

還自會稽歌 并序

庾肩吾於梁時嘗作宮體謠引以應和皇子及國世
淪敗肩吾先潛難會稽後始還家僕意其必有遺文
今無得焉故作還自會稽歌以補其悲
野粉椒壁黃濕螢滿梁殿臺城應教人秋衾夢銅輦
吳霜點歸鬢身與塘蒲晚脈脈辭金魚羈臣守迍賤

出城寄權璩楊敬之

草暖雲昏萬里春宮花拂面送行人自言漢劍當飛去

去何事還車載病身

示弟

別弟三年後還家十日餘醁醽今夕酒緗帙去時書
病骨獨能在人間底事無何須問牛馬拋擲任梟盧

竹

入水文光動抽空綠影春露華生筍逕苔色拂霜根
織可承香汗裁堪釣錦鱗三梁曾入用一節奉王孫

同沈駙馬賦得御溝水

入苑白泱泱宮人正靨黃遶堤龍骨冷拂岸鴨頭香
別館驚殘夢停盃泛小觴幸因流浪處暫得見何郎

始爲奉禮憶昌谷山居

掃斷馬蹄痕衙迴自閉門長鎗江米熟小樹棗花春
向壁懸如意當簾閱角巾犬書曾去洛鶴病悔遊秦
土甑封茶葉山杯鎖竹根不知船上月誰棹滿溪雲

七夕

別浦今朝暗羅帷午夜愁鵲辭穿線月花入曝衣樓
天上分金鏡人間望玉鉤錢塘蘇小小更值一年秋

過華清宮

春月夜啼鴉宮簾隔御花雲生朱絡暗石斷紫錢斜
玉椀盛殘露銀燈點舊紗蜀王無近信泉上有芹芽

去何事還車載病身

示弟

別弟三年後還家十日餘醁醽今夕酒緗帙去時書
病骨猶能在人間底事無何須問牛馬拋擲任梟盧

竹

入水文光動抽空綠影春露華生筍徑苔色拂霜根
織可承香汗裁堪釣錦鱗三梁曾入用一節奉王孫

同沈駙馬賦得御溝水

入苑白泱泱宮人正靨黃繞堤龍骨冷拂岸鴨頭香
別館驚殘夢停杯泛小觴幸因流浪處暫得見何郎

始為奉禮憶昌谷山居

掃斷馬蹄痕衙回自閉門長鎗江米熟小樹棗花春
向壁懸如意當簾閱角巾犬書曾去洛鶴病悔遊秦
土甑封茶葉山杯鎖竹根不知船上月誰棹滿溪雲

七夕

別浦今朝暗羅帷午夜愁鵲辭穿線月花入曝衣樓
天上分金鏡人間望玉鉤錢塘蘇小小更值一年秋

過華清宮

春月夜啼鴉宮簾隔御花雲生朱絡暗石斷紫錢斜
玉碗盛殘露銀燈點舊紗蜀王無近信泉上有芹芽

送沈亞之歌并序

文人沈亞之元和七年以書不中第返歸于吳江悲其行無錢酒以勞又感沈之勤請乃歌一解以勞之

吳興才人怨春風桃花滿陌千里紅紫絲竹斷驄馬小家住錢塘東復東白藤交穿織書笈短策齊裁如梵夾雄光寶礦獻春卿煙底驀波乘一葉春卿拾材白日下擲置黃金解龍馬携笈歸江重入門勞勞誰是憐君者吾聞壯夫重心骨古人三走無摧捽請君待旦事長鞭他日還轅及秋律

詠懷二首

長卿懷茂陵綠草垂石井彈琴看文君春風吹鬢影梁王與武帝棄之如斷梗唯留一簡書金泥太山頂

日夕著書罷驚霜落素絲鏡中聊自笑詎是南山期頭上無幅巾苦蘗已染衣不見清溪魚飲水得自宜

追和柳惲

汀洲白蘋草柳惲乘馬歸江頭樝樹香岸上胡蝶飛酒盃箬葉露玉軫蜀桐虛朱樓通水脉沙暖一雙魚

春坊正字劒子歌

先輩匣中三尺水曾入吳潭斬龍子隙月斜明刮露寒練帶平鋪吹不起蛟胎老皮蒺藜刺鸊鵜淬花白

送沈亞之歌并序

文人沈亞之元和七年以書不中第返歸于吳江

其行無錢酒以勞又感沈之勤請乃歌一解以勞之

吳興才人怨春風桃花滿陌千里紅紫絲竹斷驄馬
小家住錢塘東復東白藤交穿織書笈短策齊裁如
梵夾雄光寶礦獻春卿煙底驀波乘一葉春卿拾材
白日下擲置黃金解龍馬攜笈歸江重入門勞勞誰
是憐君者吾聞壯夫重心骨古人三走無摧捽請君
待旦事長鞭他日還轅及秋律

詠懷二首

長卿懷茂陵綠草垂石井彈琴看文君春風吹鬢影
梁王與武帝棄之如斷梗惟留一簡書金泥泰山頂

日夕著書罷驚霜落素絲鏡中聊自笑詎是南山期
頭上無幅巾苦檗已染衣不見清溪魚飲水得自宜

追和柳惲

汀洲白蘋草柳惲乘馬歸江頭樝樹香岸上蝴蝶飛
酒盃箬葉露玉軫蜀桐虛朱樓通水陌沙暖一雙魚

春坊正字劍子歌

先輩匣中三尺水曾入吳潭斬龍子隙月斜明刮露
寒練帶平鋪吹不起蛟胎皮老蒺藜刺鸊鵜淬花白

鵾尾直是荆軻一片心莫教照見春坊字挼絲團金
懸簏簌神光欲截藍田玉提出西方白帝驚嗷嗷鬼
母秋郊哭

貴公子夜闌曲

褭褭沉水煙烏啼夜闌景曲沼芙蓉波腰圍白玉冷

鴈門太守行

黑雲壓城城欲摧甲光向月金鱗開角聲滿天秋色
裏塞上燕脂凝夜紫半卷紅旗臨易水霜重鼓寒聲
不起報君黃金臺上意提携玉龍爲君死

大堤曲

妾家住横塘紅紗滿桂香青雲教綰頭上髻明月與
作耳邊璫蓮風起江畔春大堤上留北人郎食鯉魚
尾妾食猩猩脣莫指襄陽道綠浦歸帆少今日菖蒲
花明朝楓樹老

蜀國絃

楓香晚花靜錦水南山影驚石墜猿哀竹雲愁半嶺
涼月生秋浦玉沙鱗鱗光誰家紅淚客不忍過瞿塘

蘇小小歌

幽蘭露如啼眼無物結同心煙花不堪剪草如茵松
如蓋風爲裳水爲珮油壁車久相待冷翠燭勞光彩

尾直是荊軻一片心莫教照見春坊字挼絲團金
懸簏簌神光欲截藍田玉提出西方白帝驚嗷嗷鬼母
秋郊哭

貴公子夜闌曲

裊裊沉水煙烏啼夜闌景曲沼芙蓉波腰圍白玉冷

鴈門太守行

黑雲壓城城欲摧甲光向日金鱗開角聲滿天秋色
裏塞上燕脂凝夜紫半卷紅旗臨易水霜重鼓寒聲
不起報君黃金臺上意提攜玉龍為君死

大堤曲

妾家住橫塘紅紗滿桂香青雲教綰頭上髻明月與
作耳邊璫蓮風起江畔春大堤上留北人郎食鯉魚
尾妾食猩猩唇莫指襄陽道綠浦歸帆少今日菖蒲
花明朝楓樹老

蜀國絃

楓香晚花靜錦水南山影驚石墜猿哀竹雲愁半嶺
涼月生秋浦玉沙鱗鱗光誰家紅淚客不忍過瞿塘

蘇小小歌

幽蘭露如啼眼無物結同心煙花不堪剪草如茵松
如蓋風為裳水為珮油壁車夕相待冷翠燭勞光彩

西陵下風雨晦

夢天

老兎寒蟾泣天色雲樓半開壁斜白玉輪軋露濕團光鸞珮相逢桂香陌黄塵清水三山下更變千年如走馬遥望齊州九點煙一泓海水杯中瀉

唐歌兒杜豳公之子

頭玉磽磽眉刷翠杜郎生得真男子骨重神寒天廟器一雙瞳人剪秋水竹馬梢梢摇緑尾銀鸞睒光踏半臂東家嬌娘求對值濃笑畫空作唐字眼大心雄知所以莫忘作歌人姓李

緑章封事爲吳道士夜醮作

青霓扣額呼宫神鴻龍玉狗開天門石榴花發滿溪津漢女洗花染白雲緑章封事諮元父六街馬蹄浩無主虚空風氣不清冷短衣小冠作塵土金家香衖千輪鳴楊雄秋室無俗聲願携漢戟招書鬼休令恨骨填蒿里

河南府試十二月樂辭并閏月

正月

上樓迎春新春歸暗黄著柳宫漏遅薄薄淡靄弄野姿寒緑幽風生短絲錦牀曉卧玉肌冷露臉未開對

朝暝官街柳帶不堪折早晚菖蒲勝綰結

二月

飲酒採桑津宜男草生蘭笑人蒲如交劍風如薰勞勞胡鶯怨酣春薇帳逗烟生綠塵金翅蛾髭愁暮雲沓颭起舞眞珠裙津頭送別唱流水酒客背寒南山死

三月

東方風来滿眼春花城柳暗愁幾人複宮深殿竹風起新翠舞衿淨如水光風轉蕙百餘里暖霧驅雲撲天地軍裝宮妓掃娥浅揺揺錦旗夾城暖曲水飃香去不歸梨花落盡成秋苑

四月

曉涼暮涼樹如蓋千山濃綠生雲外依微香雨青氛氳膩葉蟠花照曲門金塘閑水揺碧漪老景沉重無驚飛墮紅殘萼暗參差

五月

雕玉押簾上輕縠籠虛門井汲鉛華水扇織鴛鴦文迴雪舞涼殿甘露洗空綠羅袖從徊翔香汗霑寶粟

六月

裁生羅伐湘竹帔拂踈霜簟秋玉炎炎紅鏡東方開暈如車輪上徘徊啾啾赤帝騎龍来

七月

星依雲渚冷露滴盤中圓好花生木末衰蕙愁空園夜天如玉砌池葉極青錢僅厭舞衫薄稍知花簟寒曉風何拂拂北斗光闌干

八月

孀妾怨長夜獨客夢歸家傍簷蟲緝絲向壁燈垂花簷外月光吐簾中樹影斜悠悠飛露姿點綴池中荷

九月

離宮散螢天似水竹黃池冷芙蓉死月綴金鋪光脉脉涼苑虛庭空澹白霜花飛飛風草草翠錦爛班滿層道雞人罷唱曉瓏璁鵶啼金井下疎桐

十月

玉壺銀箭稍難傾缸花夜笑凝幽明碎霜斜舞上羅幕燭龍兩行照飛閣珠帷怨卧不成眠金鳳刺衣著體寒長眉對月鬪彎環

十一月

宮城團迴凜嚴光白天碎碎墮瓊芳撾鍾高飲千日酒却天凝寒作君壽御溝泉合如環素火井温水在何處

十二月

日脚淡光紅灑灑薄霜不銷桂枝下依稀和氣解冬嚴已就長日辭長夜

閏月

帝重光年重時七十二候迴環催天官玉琯灰剩飛今歲何長来歲遲王母移桃獻天子羲氏和氏迂龍轡

天上謡

天河夜轉漂迴星銀浦流雲學水聲玉宮桂樹花未落仙妾採香垂珮纓秦妃卷簾北牕曉牕前植桐青鳳小王子吹笙鵝管長呼龍耕煙種瑤草粉霞紅綬藕絲裙青洲步拾蘭苕春東指羲和能走馬海塵新生石山下

浩歌

南風吹山作平地帝遣天吴移海水王母桃花千遍紅彭祖巫咸幾迴死青毛驄馬參差錢嬌春楊柳含細煙箏人勸我金屈巵神血未凝身問誰不須浪飲丁都護世上英雄本無主買絲繡作平原君有酒唯澆趙州土漏催水咽玉蟾蜍衞娘髮薄不勝梳看見秋眉換深緑二十男兒那刺促

秋來

桐風驚心壯士苦衰燈絡緯啼寒素誰看青簡一編

日腳淡光紅灑灑，薄霜不銷桂枝下。依稀和氣解冬嚴，已就長日辭長夜。

閏月

帝重光，年重時。七十二候迴環推，天官玉琯灰剩飛。今歲何長來歲遲，王母移桃獻天子，羲氏和氏迂龍轡。

天上謠

天河夜轉漂迴星，銀浦流雲學水聲。玉宮桂樹花未落，仙妾採香垂珮纓。秦妃捲簾北窗曉，窗前植桐青鳳小。王子吹笙鵝管長，呼龍耕煙種瑤草。粉霞紅綬藕絲裙，青洲步拾蘭苕春。東指羲和能走馬，海塵新生石山下。

浩歌

南風吹山作平地，帝遣天吳移海水。王母桃花千遍紅，彭祖巫咸幾回死。青毛驄馬參差錢，嬌春楊柳含細煙。箏人勸我金屈卮，神血未凝身問誰。不須浪飲丁都護，世上英雄本無主。買絲繡作平原君，有酒唯澆趙州土。漏催水咽玉蟾蜍，衛娘髮薄不勝梳。看見秋眉換新綠，二十男兒那刺促。

秋來

桐風驚心壯士苦，衰燈絡緯啼寒素。誰看青簡一編

書不遺花蟲粉空蠹思牽今夜腸應直雨冷香魂弔
書客秋墳鬼唱鮑家詩恨血千年土中碧

帝子歌

洞庭明月一千里涼風鴈啼天在水九節菖蒲石上
死湘神彈琴迎帝子山頭老桂吹古香雌龍怨吟寒
水光沙浦走魚白石郎閑取真珠擲龍堂

秦王飲酒

秦王騎虎遊八極劒光照空天自碧羲和敲日玻瓈
聲劫灰飛盡古今平龍頭瀉酒邀酒星金槽琵琶夜
棖棖洞庭雨脚來吹笙酒酣喝月使倒行銀雲櫛櫛
瑤殿明宮門掌事報一更花樓玉鳳聲嬌獰海綃紅
文香淺清黃鵝跌舞千年觥仙人燭樹蠟煙輕清琴
醉眼淚泓泓

洛姝真珠

真珠小娘下青廓洛苑香風飛綽綽寒鬢斜釵玉鷰
光高樓唱月敲懸瑠蘭風桂露灑幽翠紅絃裊雲咽
深思花袍白馬不歸來濃娥疊柳香脣醉金娥屏風
蜀山夢鸞裙鳳帶行煙重八驄籠晃臉差移日絲繁
散曛羅洞市南曲陌無秋涼楚腰衛鬢四時芳玉喉
窱窱排空光牽雲曳雪留陸郎

李夫人

紫皇宮殿重重開夫人飛入瓊瑶臺緑香繡帳何時歇青雲無光宮水咽翩聯桂花墜秋月孤鸞驚啼商絲發紅壁闌珊懸珮璫歌臺小妓遥相望玉蟾滴水雞人唱露華蘭葉參差光

走馬引

我有辭鄉劒玉鋒堪截雲襄陽走馬客意氣自生春朝嫌劒光浄暮嫌劒花冷能持劒向人不解持照身

湘妃

筠竹千年老不死長伴秦娥蓋湘水蠻娘吟弄滿寒

空九山静緑淚花紅離鸞别鳳煙梧中巫雲蜀雨遥相通幽愁秋氣上青楓涼夜波閒吟古龍

三月過行宫

渠水紅繁擁御牆風嬌小葉學娥粧垂簾幾度青春老堪鏁千年白日長

南園一十三首

花枝草蔓眼中開小白長紅越女腮可憐日暮嫣香落嫁與春風不用媒

宫北田塍曉氣酣黄桑飲露窣宫簾長腰健婦偷攀折將餧吳王八繭蠶

竹裏繅絲挑網車青蟬獨噪日光斜桃膠迎夏香琥
珀自課越傭能種瓜

三十未有二十餘白日長飢小甲蔬橋頭長老相哀
念固遺戎韜一卷書

男兒何不帶横刀收取關山五十州請君暫上凌煙
閣若箇書生萬户侯

尋章摘句老彫蟲曉月當簾挂玉弓不見年年遼海
上文章何處哭秋風

長卿牢落悲空舍曼倩詼諧取自容見買若耶溪水
劒明朝歸去事猿公

春水初生乳鷰飛黃蜂小尾撲花歸牕含遠色通書
幌魚擁香鉤近石磯

泉沙耎卧鴛鴦暖曲岸迴篙舴艋遲瀉酒木蘭椒葉
蓋病容扶起種菱絲

邊壤今朝憶蔡邕無心裁曲卧春風舍南有竹堪書
字老去溪頭作釣翁

長巒谷口倚嵇家白晝千峯老翠華自履藤鞋收石
蜜手牽苔絮長蓴花

松溪黑水新龍卵桂洞生硝舊馬牙誰為虞卿裁道
帔輕綃一疋染朝霞

竹裏繰絲挑網車青蟬獨噪日光斜桃膠迎夏香琥
珀自課越傭能種瓜
三十未有二十餘白日長飢小甲蔬橋頭長老相哀
念因遺戎韜一卷書
男兒何不帶吳鉤收取關山五十州請君暫上凌煙
閣若箇書生萬戶侯
尋章摘句老雕蟲曉月當簾挂玉弓不見年年遼海
上文章何處哭秋風
長卿牢落悲空舍曼倩詼諧取自容見買若耶溪水
劍明朝歸去事猿公

春水初生乳燕飛黃蜂小尾撲花歸窗含遠色通書
幌魚擁香鉤近石磯
泉沙耎臥鴛鴦暖曲岸迴篙舴艋遲瀉酒木蘭椒葉
蓋病容扶起種菱絲
邊讓今朝憶蔡邕無心裁曲臥春風舍南有竹堪書
字老去溪頭作釣翁
長巒谷口倚嵇家白晝千峯老翠華自履藤鞋收石
蜜手牽苔絮長蓴花
松溪黑水新龍卵桂洞生硝舊馬牙誰遣虞卿裁道
帔輕綃一匹染朝霞

小樹開朝逕長茸瀑夜煙柳花驚雪浦麥雨漲溪田

古剎疎鍾度遥嵐破月懸沙頭敲石火燒竹照漁舡

歌詩編第一

頁 十

小樹開朝徑長茸濕夜煙柳花驚雪浦麥雨漲溪田
古剎疎鍾度遥嵐破月懸沙頭敲石火燒竹照漁船

歌詩編第一

歌詩編第二

隴西李　賀　長吉

金銅仙人辭漢歌并序

魏明帝青龍九年八月詔宮官牽車西取漢孝武捧露盤仙人欲立置前殿宮官既拆盤仙人臨載乃潸然淚下唐諸王孫李長吉遂作金銅仙人辭漢歌

茂陵劉郎秋風客夜聞馬嘶曉無跡畫欄桂樹懸秋香三十六宮土花碧魏官牽車指千里東關酸風射眸子空將漢月出宮門憶君清淚如鉛水衰蘭送客咸陽道天若有情天亦老攜盤獨出月荒涼渭城已遠波聲小

古悠悠行

白景歸西山碧華上迢迢今古何處盡千歲隨風飄海沙變成石魚沫吹秦橋空光遠流浪銅柱從年消

黃頭郎

黃頭郎撈攏去不歸南浦芙蓉影愁紅獨自垂水弄湘娥珮竹啼山露月玉瑟調青門石雲濕黃葛沙上蘼蕪花秋風已先發好持掃羅薦香出鴛鴦熱

馬詩二十三首

龍脊貼連錢銀蹄白踏煙無人織錦韂誰為鑄金鞭

臘月草根甜天街雪似鹽未知口硬軟先擬蒺藜銜
忽憶周天子驅車上玉崑鳴騶辭鳳苑赤驥最承恩
此馬非凡馬房星是本星向前敲瘦骨猶自帶銅聲
大漠沙如雪燕山月似鉤何當金絡腦快走踏清秋
飢卧骨查牙麤毛刺破花鬣焦朱色落髮斷鋸長麻
西母酒將闌東王飯已乾君王若燕去誰為拽車轅
赤兔無人用當須呂布騎吾聞果下馬羈策任蠻兒
飂叔死葱葱如今不豢龍夜來霜壓棧駿骨折西風
催榜渡烏江（一作江東）神騅泣向風吾王今解劍何處逐英雄
內馬賜宮人銀韉刺麒麟年時鹽坂上蹭蹬溘風塵

批竹初攢耳桃花未上身他時須攬轡牽去借將軍
寶玦誰家子長文俠骨香堆金買駿骨將送楚襄王
香幞赭羅新盤龍蹙鐙鱗迴看南陌上誰道不逢春
不從桓公獵何能伏虎威一朝溝隴出看取拂雲飛
唐欲斬隋公拳毛屬太宗莫嫌金甲重且去捉飄風
白鐵剉青禾碪間落細莎世人憐小頸金埒畏長牙
伯樂向前看旋毛在腹間秖今掊白草何日驀青山
蕭寺馱經馬元從竺國來空知有善相不解走章臺
重圍如鷰尾寶劍似魚腸欲求千里脚先采眼中光
暫繫騰黃馬仙人上綵樓須鞭玉勒吏何事謫高州

暫繫騰黃馬仙人上綵樓須鞭玉勒吏何事謫高州
重圍如燕尾寶劍似魚腸欲求千里腳先採眼中光
蕭寺馱經馬元從竺國來空知有善相不解走章臺
伯樂向前看旋毛在腹間只今掊白草何日驀青山
白鐵剉青禾砧間落細莎世人憐小頸金埒畏長牙
唐劍斬隋公拳毛屬太宗莫嫌金甲重且去捉飄風
不從桓公獵何能伏虎威一朝溝隴出看取拂雲飛
香襆赭羅新盤龍蹙鐙鱗迴看南陌上誰道不逢春
寶玦誰家子長聞俠骨香堆金買駿骨將送楚襄王
批竹初攢耳桃花未上身他時須攪陣牽去借將軍

貲 二

內馬賜宮人銀韉刺麒麟午時鹽坂上蹭蹬溘風塵
催榜渡烏江神騅泣向風君王今解劍何處逐英雄
飂叔去怱怱如今不豢龍夜來霜壓棧駿骨折西風
赤兔無人用當須呂布騎吾聞果下馬羈策任蠻兒
西母酒將闌東王飯已乾君王若燕去誰為拽車轅
飢臥骨查牙麤毛刺破花鬣焦朱色落髮斷鋸長麻
大漠沙如雪燕山月似鉤何當金絡腦快走踏清秋
此馬非凡馬房星本是星向前敲瘦骨猶自帶銅聲
忽憶周天子驅車上玉山鳴騶辭鳳苑赤驥最承恩
臘月草根甜天街雪似鹽未知口硬軟先擬蒺藜銜

汗血到王家隨鸞摭玉珂少君騎海上人見是青騾
武帝愛神仙燒金得紫煙廄中皆肉馬不解上青天

申胡子觱篥歌并序

申胡子朔客李氏本亦世家子得祀江夏王廟當年踐履失序遂奉官北郡自稱學長調短調久未知名今年四月吾與對舍於長安崇義里遂將衣質酒命予合飲氣熱杯闌因謂吾曰李長吉爾徒能長調不能作五字歌詩直強迴筆端與陶謝詩勢相遠幾里吾對後請撰申胡子觱篥歌以五字斷句歌成左右人合譟相唱朔客大喜擎觴起立命花娘出幕徘徊

拜客吾問所宜稱善平弄於是以獎辭配聲與予為壽
顏熱感君酒含爵蘆中聲花娘篸綏妥休睡芙蓉屏
誰截太平管列點排空星直貫開花風天上驅雲行
今夕歲華落令人惜平生心事如波濤中坐時時驚
朔客騎白馬劍弝懸蘭纓俊健如生獰肯拾蓬中螢

老夫採玉歌

採玉採玉須水碧琢作步搖徒好色老夫飢寒龍為愁藍溪水氣無清白夜雨岡頭食蓁子杜鵑口血老夫淚藍溪之水厭生人身死千年恨溪水斜山柏風雨如肅泉脚挂繩青裊裊村寒白屋念嬌嬰古臺石

雨如青泉冲生溢青曷乃斗萊白星合鑄曼父古壹石
夫蛟盤澆丈尺尽生人身死千年夜深水合山柏風
蒸盤浮水窗清白夜雨面圖合纂子社鳴口立光
床上床王須火是若作不旅語好絕己若夫飢寒霜滿

去夫林王歌

胡各鬧口馬四飯召幾鬮貌彼僮勾生歸言皆逢中溢
今夕歲華落今人信平生心事如波濤中坐所得
言春大千音列輿誰空屋直實開花風天上鬧雲行
滴翠露西酒令醉醒中游花安乘發安林毛丈客年
拜客告開所呈踏告千年太是以發大篇配第與子留辞

入合谷禪明昭大壽發庭安立命托救出幕非何
吾游傍清嶽中明千喬聖敢以王字萬白月成生石
誰作王字鼓前直遇四草都頭醋詩教宿迹散星
于合飲偏波林蘭因譜吾曰今昆吉爾荷詞更謂人
令年四月吾與對合次長安崇藏里游大賞酒合
誠履夫所蓬萊市北都自樂學長大酒館謂入木秋名
由明子胡客李又本亦世冢子得祀江夏王廟留年

中胡子會兼歌并序

流帝變孙山仙花合傳求運癈中昔如居浦不解上青天
江上國王承清舊攜王河小君潮海上入見長書賜

磴懸腸草

傷心行

咽咽學楚吟病骨傷幽素秋姿白髮生木葉啼風雨
燈青蘭膏歇落照飛蛾舞古壁生凝塵羈魂夢中語

湖中曲

長眉越沙採蘭若桂葉水葓春漠漠橫船醉眠白晝
閑渡口梅風歌扇薄燕釵玉股照青蕖越王嬌郎小
字書蜀紙封中報雲鬟晚漏壺中水淋盡

黄家洞

雀步蹙沙聲促促四尺角弓青石鏃黑幡三點銅鼓

鳴高作猿啼搖箭箙綵布纏蹄幅半斜溪頭簇隊映
葛花山潭晚霧吟白鼉竹蛇飛蠹射金沙閑驅竹馬
緩歸家官軍自殺容州槎

屏風曲

蝶棲石竹銀交關水凝綠鴨瑠璃錢團迴六曲抱膏
蘭將鬟鏡上擲金蟬沉香火煖茱萸煙酒觥綰帶新
承懽月風吹露屏外寒城上烏啼楚女眠

南山田中行

秋野明秋風白塘水漻漻蟲嘖嘖雲根苔蘚山上石
冷紅泣露嬌啼色荒畦九月稻叉芽蟄螢低飛隴逕

傷心行

咽咽學楚吟病骨傷幽素秋姿白髮生木葉啼風雨
燈青蘭膏歇落照飛蛾舞古壁生凝塵羈魂夢中語

湖中曲

長眉越沙采蘭若桂葉水葓春漠漠橫船醉眠白晝
閑渡口梅風歌扇薄燕釵玉股照青渠越王嬌郎小
字書蜀紙封巾報雲鬢晚漏壺中水淋盡

黃家洞

雀步蹙沙聲促促四尺角弓青石鏃黑幡三點銅鼓
鳴高作猿啼搖箭箙綵巾纏踍幅半斜溪頭簇隊映
葛花山潭晚霧吟白鼉竹蛇飛蠹射金沙閑驅竹馬
緩歸家官軍自殺容州槎

屏風曲

蝶棲石竹銀交關水凝綠鴨琉璃錢團回六曲抱膏
蘭將鬟鏡上擲金蟬沉香火暖茱萸煙酒觥綰帶新
承歡月風吹露屏外寒城上烏啼楚女眠

南山田中行

秋野明秋風白塘水漻漻蟲嘖嘖雲根苔蘚山上石
冷紅泣露嬌啼色荒畦九月稻叉牙蟄螢低飛隴徑

斜石脉水流泉滴沙鬼燈如漆照松花

貴主征行樂

奚騎黄銅連鏁甲羅旗香幹金畫葉中軍留醉河陽城嬌嘶紫鸑踏花行春營騎將如紅玉走馬梢鞭上空緑女垣秦月角咿咿牙帳未開分錦衣

酒罷張大徹索贈時張初効潞幕

長鬛張郎三十一天遣裁詩花作骨往還誰是龍頭人公主遣秉魚鬚笏太行青草上白衫匣中章奏容如蠶金門石閣知卿有豸角雞香早晚含朧西長吉摧穨客酒闌感覺中區窄葛衣斷碎趙城秋吟詩一

夜東方白

羅敷交與葛篇

依依宜織江雨空雨中六月蘭臺風博羅老仙時出洞千歳石牀啼鬼工毒蛇濃吁洞堂濕江魚不食銜沙立欲剪箱中一尺天吴娥莫道吴刀澁

仁和里雜叙皇甫湜時湜新尉陸渾

大人乞馬癯乃寒宗人貸宅荒厥垣横庭鼠逕空土澁出籬大棗垂朱殘安定美人截黄綬脱落纓裾瞑朝酒還家白筆未上頭使我清聲落人後枉辱稱知犯君眼排引纔陞强緪斷洛風送馬入長關闔扇未

斜石脈水流泉滴沙鬼燈如漆點松花

貴主征行樂

奚騎黃銅連鎖甲羅旗香幹金畫葉中軍留醉河陽
城嬌嘶紫燕踏花行春營騎將如紅玉走馬捎鞭上
空綠女垣素月角咿咿牙帳未開分錦衣

酒罷張大徹索贈詩時張初效潞幕

長鬣張郎三十一天遣裁詩花作骨往還誰是龍頭
人公主遣秉魚鬚笏太行青草上白衫匣中章奏密
如蠶金門石閣知卿有豭雞香早晚含隴西長吉
摧頹客酒闌感覺中區窄葛衣斷碎趙城秋吟詩一
夜東方白

羅浮山人與葛篇

依依宜織江雨空雨中六月蘭臺風博羅老仙時出
洞千歲石牀啼鬼工蛇毒濃凝洞堂濕江魚不食銜
沙立欲剪湘中一尺天吳娥莫道吳刀澀

仁和里雜敘皇甫湜

大人乞馬癯乃寒宗人貸宅荒厥垣橫庭鼠逕空土
涪出籬大棗垂朱殘安定美人截黃綬脫落纓裾瞑
朝酒還家白筆未上頭使我清聲落人後枉辱稱
知犯君眼排引纔升強絙斷洛風送馬入長關闔扇未

開逢猰犬那知堅都相草草客枕幽單看春老歸來
骨薄面無膏疫痠衝頭鬢莖少欲彫小說干天官宗
孫不調爲誰憐明朝下元復西道崆峒敘別長如天

宮娃歌

蠟光高懸照紗空花房夜擣紅守宮象口吹香毾㲪
暖七星挂城聞漏板寒入罘罳殿影昏彩鸞簾額著
霜痕啼蛄弔月鉤欄下屈膝銅鋪鏁阿甄夢入家門
上沙渚天河落處長洲路願君光明如太陽放妾騎
魚撇波去

堂堂

堂堂復堂堂紅脫梅灰香十年粉蠹生畫梁飢蟲不
食推碎黃蕙花已老桃葉長禁院懸簾隔御光華清
源中礜石湯徘徊百鳳隨君王

勉愛行二首送小季之廬山

洛郊無俎豆弊廄慙老馬小鴈過鑪峯影落楚水下
長船倚雲泊石鏡秋涼夜豈解有鄉情弄月聊嗚啞
別柳當馬頭官槐如兔目欲將千里別持我易斗粟
南雲北雲空脉斷靈臺經絡懸春綫青軒樹轉月滿
牀下國飢兒夢中見維尒之昆二十餘年来持鏡頗
有鬚辭家三載今如此索米王門一事無荒溝古水

光如刀庭南拱柳生蠐螬江干幼客真可念郊原晚吹悲號號

致酒行

零落棲遲一杯酒主人奉觴客長壽主父西遊困不歸家人折斷門前柳吾聞馬周昔作新豐客天荒地老無人識空將牋上兩行書直犯龍顔請恩澤我有迷魂招不得雄雞一聲天下白少年心事當拏雲誰念幽寒坐嗚呃

長歌續短歌

長歌破衣襟短歌斷白髮秦王不可見旦夕成内熱渴飲壺中酒飢拔隴頭粟淒淒四月闌千里一時綠夜峯何離離明月落石底徘徊沿石尋照出高峯外不得與之遊歌成鬢先改

公莫舞歌并序

公莫舞歌者詠項伯翼蔽劉沛公也會中壯士灼灼於人故無復書且南北樂府率有歌引賀陋諸家今重作公莫舞歌云

方花古礎排九楹刺豹淋血盛銀甖華筵鼓吹無桐竹長刀直立割鳴箏横楣麤錦生紅緯日炙錦嫣王未醉腰下三看寶玦光項莊掉箭攔前起材官小臣

公莫舞座上真人赤龍子芒碭雲端抱天迴咸陽王氣清如水鐵樞鐵楗重束關大旗五丈撞雙鐶漢王今日須秦印絶臏刳腸臣不論

昌谷北園新笋四首

籜落長華削玉開君看母笋是龍材更容一夜抽千尺別却池園數寸泥

斫取清光寫楚辭膩香春粉黑離離無情有恨何人見露壓煙啼千萬枝

家泉十眼兩三莖曉看陰根紫脉生今年水曲春沙上笛管新篁拔玉青

古竹老梢惹碧雲茂陵歸卧欲淸貧風吹千畝迎雨嘯鳥重一枝入酒樽

惱公

宋玉愁空斷嬌嬈粉自紅歌聲春草露門掩杏花叢注口櫻桃小添眉桂葉濃曉奩粧秀靨夜帳減香筒鈿鏡飛孤鵲江圖畫水葓陂陁梳碧鳳腰褭帶金蟲杜若含清露河蒲聚紫茸月分蛾黛破花合臉朱融髻重疑盤霧腰輕乍倚風寄書題荳蔻隱語笑芙蓉莫鏁茱萸匣休開翡翠籠弄珠驚漢燕燒蜜引胡蜂醉纈拋紅網單羅挂緑蒙數錢教姹女買藥問巴賨

醉酒迴江國一羅佳麗歎鏡欲如文賞樂四門已賓
莫鎖荣苞叵木開悲變籠弄珠蕭漢渡宴引明鋒
綴重疑縷纓簪髻不待風安書屬芷蕊隨語挾芙蓉
杜若含香藹河蒲果芳茁月分敷寘叢花合撿朱融
錮鏡涵淑謂江圖畫水濱波泊林間鳳變鳧帶金纏
注口璣珠小添眉桂葉濃曉會微芳俄當夜帳海香聞
宋玉悠在斷濟繞分自江歌暮春草露門掩杏花叢

涵公

蘭島重一故人酒樽
古竹荒榛瑤吾殘茨歸臥欲清貧屬次千畝近雨

上荅御皇訪王書
家泉十眼兩三株曉看隨根汲派生今年水曲春沙
見露泉煙中千萬枝
所眼清光寫藻繁勝香春物果難離無情有恨何人
只別守池園數十沉
纍落長華開王開君青安竿是龍材更容一夜抽千

昌合北園新竹四首

今日須春印綠濃紛勝足不論
深清如水纖纖纔重東關大海五丈幢雙劍漢王
公莫舞座上真人赤龍子芒碭雲深起天四敢叟王

勺臉安斜鴈移燈想夢熊腸攢非束竹胘急是張弓
晚樹迷新蝶殘蜺憶斷虹古時塡渤澥今日鑿崆峒
繡沓褰長幔羅裙結短封心搖如舞鶴骨出似飛龍
井檻淋清漆門鋪綴白銅隈花開兎逕向壁印狐蹤
玳瑁釘簾薄琉璃疊扇烘象牀緣素柏瑤席卷香葱
細管吟朝幌芳醪落夜楓宜男生楚巷梔子發金墉
龜甲開屏澁鵝毛滲墨濃黃庭留衛瓘綠樹養韓馮
雞唱星懸柳鵶啼露滴桐黃娥初出座寵妹始相從
蠟淚垂蘭燼秋蕪掃綺櫳吹笙翻舊引沽酒待新豐
短珮愁塡粟長絃怨削菘曲池眠乳鴨小閣睡娃僮

褥縫篸雙綫鉤縚辮五總蜀煙飛重錦峽雨濺輕容
拂鏡羞溫嶠薰香避賈充魚生玉藕下人在石蓮中
含水彎蛾翠登樓潠馬鬉使君居曲陌園令住臨邛
桂火流蘇暖金爐細炷通春遲王子態鸎囀謝娘慵
玉漏三星曙銅街五馬逢犀珠防膽怯銀液鎭心忪
跳脫看年命琵琶道吉凶王時應七夕夫位在三宮
無力塗雲母多方滯藥翁符因青鳥送囊用絳紗縫
漢苑尋官柳河橋閡禁鐘月明中婦覺應笑晝堂空

感諷五首

合浦無明珠龍洲無木奴足知造化力不給使君須

勻臉安斜雁移燈想夢熊腸攢非束竹胘急是張弓
晚樹迷新蝶殘蜺憶斷虹古時填渤澥今日鑿崆峒
繡沓褰長幔羅裙結短封心搖如舞鶴骨出似飛龍
井檻淋清漆門鋪綴白銅隈花開兔徑向壁印狐蹤
玳瑁釘簾薄琉璃疊扇烘象牀緣素柏瑤席卷香蔥
細管吟朝幌芳醪落夜楓宜男生楚巷梔子發金墉
龜甲開屏澀鵝毛滲墨濃黃庭留衛瓘綠樹養韓馮
雞唱星懸柳鴉啼露滴桐黃娥初出座寵妹始相從
蠟淚垂蘭燼秋蕪掃綺櫳吹笙翻舊引沽酒待新豐
短珮愁填粟長絃怨削菘曲池眠乳鴨小閣睡娃僮
褥縫篸雙線鉤縚辮五總蜀煙飛重錦峽雨濺輕容
拂鏡羞溫嶠熏衣避賈充魚生玉藕下人在石蓮中
含水彎蛾翠登樓潠馬鬃使君居曲陌園令住臨邛
桂火流蘇暖金鑪細炷通春遲王子態鶯囀謝娘慵
玉漏三星曙銅街五馬逢犀株防膽怯銀液鎮心忪
跳脫看年命琵琶道吉凶王時應七夕夫位在三宮
無力塗雲母多方帶藥翁符因青鳥送囊用絳紗縫
漢苑尋官柳河橋閱禁鐘月明中婦覺應笑畫堂空

感諷五首

合浦無明珠龍洲無木奴足知造化力不給使君須

越婦未織作吳蠶始蠕蠕縣官騎馬來獰色虬紫鬚
懷中一方板板上數行書不因使君怒焉得詣爾廬
越婦拜縣官桑牙今尚小會待春日晏絲車方擲掉
越婦通言語小姑具黃粱縣官踏餐去簿吏復登堂

奇俊無少年日居何躑躑我待紆雙綬遺我星星鬂

都門賈生墓青蠅久斷絕寒食摇揚天憒景長肅殺

皇漢十二帝唯帝稱睿哲一夕信豎兒文明永淪歇

南山何其悲鬼雨灑空草長安夜半秋風前幾人老
低迷黃昏逕裊裊青櫟道月午樹無影一山唯白曉
漆炬迎新人幽壙螢擾擾

星盡四方高萬物知天曙已生須已養荷擔出門去
君平久不反康伯循國路曉思何譊譊闤闠千人語

石根秋水明石畔秋草瘦侵衣野竹香蟄蟄垂雲厚
岑中月歸來蟾光挂雲岫桂露對仙娥星星下雲逗
淒涼梔子落山璺泣清漏下有張仲蔚披書案將朽

歌詩編第二

越婦未織作吳蠶始蠕蠕縣官騎馬來獰色虯紫鬚
懷中一方板板上數行書不因使君怒焉得詣爾廬
越婦拜縣官桑牙今尚小會待春日晏絲車方擲掉
越婦通言語小姑具黃粱縣官踏餐去簿吏復登堂

奇俊無少年日車何躒躒我待紆雙綬遺我星星髮
都門賈生墓青蠅久斷絕寒食搖揚天憤景長肅殺
皇漢十二帝唯帝稱睿哲一夕信豎兒文明永淪歇

南山何其悲鬼雨灑空草長安夜半秋風前幾人老
低迷黃昏徑裊裊青櫟道月午樹無影一山唯白曉
漆炬迎新人幽壙螢擾擾

星盡四方高萬物知天曙己生須己養荷擔出門去
君平久不反康伯循國路曉思何譊譊闤闠千人語

石根秋水明石畔秋草瘦侵衣野竹香蟄蟄垂葉厚
岑中月歸來蟾光挂空秀桂露對仙娥星星下雲逗
凄涼栀子落山璺泣清漏下有張仲蔚披書案將朽

歌詩編第二